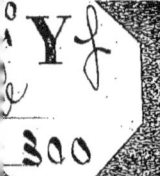

Les Origines

de la Comédie

en France

DE LA

MONTAGNE SAINTE-GENEVIÈVE

PAR

GUSTAVE PHILIPPON

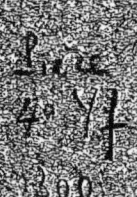

PARIS

Chez H. CHAMPION

Libraire de la Société de l'Histoire de Paris

QUAI VOLTAIRE, 9

1906

*À Monsieur Parisot
avec les bons souvenirs de l'auteur*

[signature]

LES ORIGINES

DE LA COMÉDIE EN FRANCE

SUR LA MONTAGNE SAINTE-GENEVIÈVE

Extrait du *Bulletin de la Montagne Sainte-Geneviève et ses abords*, tome II, pages 309 à 328.

Tiré à cent exemplaires et non mis dans le commerce.

MONTDIDIER. — IMPRIMERIE BELLIN

Les Origines

de la Comédie

en France

SUR LA

MONTAGNE SAINTE-GENEVIÈVE

Par

Gustave PHILIPPON

PARIS

Chez H. CHAMPION

Libraire de la Société de l'Histoire de Paris

QUAI VOLTAIRE, 9

—

1900

Les origines de la comédie en France

SUR LA MONTAGNE SAINTE-GENEVIÈVE

Nous devons adresser nos remerciments à l'auteur de l'article qui suit.

En effet, avec une sagacité et une érudition que nos lecteurs apprécieront, notre collègue M. *Gustave Philippon* démontre, de la manière la plus certaine, que c'est dans l'ancien
quartier de l'Université qu'a pris naissance la Comédie française, qu'il faut y chercher
l'origine et comme le berceau du Théâtre français.

N'y a-t-il pas là comme une découverte d'Archéologie théâtrale, dont peuvent se féliciter
les amis des lettres ?

Nous leur demanderons de vouloir bien rapporter, ainsi qu'il convient, ce nouveau titre
de gloire parisienne à notre Comité d'Études *La Montagne Sainte-Geneviève*. — J. PÉRIN.

L'essor brillant des arts, des lettres et des sciences au XVIᵉ siècle
n'a pas été, dans notre pays, une transfusion du sang de l'Italie dans
celui de la France malade. Ce fut plutôt le mélange des deux sèves
latines, comme dans une greffe, dont le rameau nouveau serait venu
d'Italie.

L'art français, et nous entendons ici, par le mot art, toute manifestation de l'esprit qui occupe un sommet dans le domaine de
l'esthétique, l'art français, avant la Renaissance, n'avait pas plus
subi les atteintes de la barbarie, qu'il n'a souffert depuis de nos
tourmentes religieuses ou politiques.

Il est bien vrai que la Renaissance, chez nous et ailleurs, fut le
plus grand pas en avant qu'aient jamais accompli les arts ; mais,
avant le XVIᵉ siècle, la Sainte Chapelle et Notre-Dame de Paris témoignent du génie d'architectes français demeurés inconnus comme
les auteurs de la chanson de Roland ; Joinville et Froissart avaient
écrit l'histoire de leur temps ; Adam de la Halle et Villon avaient
chanté dans la langue des aïeux.

C'est plus spécialement à la Comédie que nous nous intéressons ici. Or, dans le nombre infiniment varié des manifestations de l'esprit français, il n'en est certainement pas qui soit demeurée d'essence plus française comme la Comédie. Dès que se déchirent les nuages, trop souvent impénétrables, qui recouvrent l'histoire des temps barbares, le masque de la Comédie apparaît, au-dessus des foules, avec son sourire ironique, qui rappelle celui des lèvres de la Joconde, avec son regard investigateur et pénétrant, toujours fixé sur l'humaine phalange, y fouillant les cœurs jusque dans leurs fibres les plus profondes, afin d'y surprendre les faiblesses les mieux cachées.

Les premières productions théâtrales eurent pourtant en France un caractère sévère ; c'étaient les *Mystères*, drames religieux ou plutôt tragédies religieuses, toutes différentes des tragédies grecques et latines de l'Antiquité, car il n'y a aucune filiation entre les tragédies antiques et les mystères.

La Comédie tient une place importante dans les Mystères. Dans ces dernières pièces, paraissent, en effet, et souvent de façon bien imprévue, des personnages épisodiques, tout à fait profanes et qui jouent des scènes de la Comédie la plus pure.

C'est ainsi, que, dans le mystère de Saint Christophe, un messager, sur le chemin qu'il suit pour accomplir sa mission, rencontre le manant Landureau en querelle avec sa femme et que, près de deux cents ans avant Molière, ce messager, pour vouloir réconcilier les deux époux, reçoit d'eux des coups de bâton, traité comme le sera par le Sganarelle et la Martine du *Médecin malgré lui*, le Monsieur Robert, dont il est l'ancêtre.

Les Mystères furent à plusieurs reprises interdits par les pouvoirs publics ; mais la Comédie leur survécut et continua son œuvre dans les *Farces*, les *Soties* et les *Moralités*, souvent frappée par les censeurs, mais reparaissant toujours et quand même.

Ces œuvres, toutes marquées au cachet de notre esprit national, ne sont pas d'un mérite égal. Il en est qui nous paraissent ordinaires, quelques-unes grossières, tant elles sont licencieuses ; aucune n'est pourtant dépourvue entièrement de quelque caractère artistique. Elles sont écrites en vers, presque constamment en vers de huit pieds. Ce parti pris indique, de la part des auteurs, un effort soutenu, pour donner à leurs œuvres une forme littéraire. Peut-on qualifier de comédies, ces poésies dialoguées, très courtes, qui ne comportaient que trois ou quatre acteurs? Les farces sont plutôt des bouts de comédie, des saynètes. L'intrigue y est réduite à une trame des plus simples, mais l'action est déjà d'allure vive et les personnages s'y montrent avec des caractères bien observés, qui amusaient le public, parce que ces caractères reproduisaient fidèlement ceux des types de l'époque. La *Farce de maître Pathelin*, qui est du XVᵉ siècle, a pris place au répertoire du Théâtre français; il a suffi de rajeunir la langue, pour la rendre intelligible, et pour qu'ainsi adaptée elle ne soit point déplacée, entre *Les Plaideurs* et *L'Avare*. Mais s'il est vrai que la farce de maître Pathelin est la meilleure qui soit connue, combien de farces se prêteraient également à des adaptations analogues.

L'ensemble de ces piécettes sont les jalons liés par un même fil et placés sur le chemin dont ne s'est jamais écartée la Comédie, en évoluant sous cette forme légère, au travers du moyen âge. Les gais auteurs qui ont écrit les farces ont, dans ce genre, conservé une tradition de notre génie national; ce trésor, qu'ils léguaient au XVIᵉ siècle, faillit se perdre à cette époque. Heureusement, deux grands esprits, *Jodelle* et *Grévin*, qui se sont du reste montrés sévères pour les faiseurs de farces, luttaient avec les hommes de la Pléïade, pour la cause de la langue et de l'esprit français, contre ceux qui, dans une admiration systématique du latin et du grec, voulaient faire bon marché du patrimoine littéraire de la vieille Gaule. Ces deux hommes écrivirent les premiers de véritables comédies de caractère, dans lesquelles les personnages étaient français de types et de langage. Et Jodelle et Grévin, en élargissant la voie de leurs précurseurs, sont eux-mêmes les précurseurs de l'immortel Molière.

Nous connaissons les noms des deux poètes comiques Jodelle et Grévin, pères de la Comédie française; mais ceux de presque tous leurs prédécesseurs sont restés ignorés ou douteux; c'est probablement à tort qu'on attribue la paternité de *Maître Pathelin* à Pierre Gringoire, qui vivait sous Louis XI. — Où pouvaient naître les farces, qu'on jouait un peu partout, aux jours de fêtes, dans les rues de Paris?

Pour répondre à cette question, relisons le beau chapitre que Victor Hugo a écrit dans *Notre-Dame de Paris* et qui a pour titre *Paris à vol d'oiseau*:

« Au quinzième siècle, Paris était encore divisé en trois villes tout à fait distinctes et séparées, ayant chacune leur physionomie, leur spécialité, leurs mœurs, leurs coutumes, leurs privilèges, leur histoire : la Cité, l'Université, la Ville. La Cité, qui occupait l'île, était la plus ancienne, la moindre et la mère des deux autres, resserrée entre elles (qu'on nous passe la comparaison) comme une petite vieille entre deux grandes belles filles. L'Université couvrait la rive gauche de la Seine, depuis la Tournelle, jusqu'à la Tour de Nesle....... La Montagne Sainte-Geneviève y était renfermée..... La Ville, qui était le plus grand des trois morceaux de Paris, avait la rive droite.

. . . .

Comme nous venons de le dire, chacune de ces trois grandes divisions de Paris était une ville, mais une ville trop spéciale pour être complète, une ville qui ne pouvait se passer des deux autres. Aussi trois aspects parfaitement à part. Dans la Cité abondaient les églises, dans la Ville les palais, dans l'Université, les collèges. »

Ce n'était certes pas dans la *Cité*, la ville sacrée, que vivaient les auteurs qui écrivaient les farces. Les Mystères, eux, étaient des productions sorties des églises et ils furent proscrits par l'Église même.

La *Ville* était habitée, non seulement par les propriétaires des palais, dont parle Victor Hugo, mais encore par toute une population grouillante, vivant autour des halles, ou travaillant chez les nombreux commerçants des quartiers Saint-Denis et Saint-Martin, population bourgeoise et ouvrière, dans laquelle se recrutait plutôt le public des spectacles que les auteurs des pièces de théâtre.

Une induction peu hardie nous conduit donc à conclure que ce recrutement se faisait dans la ville où la jeunesse menait la vie spéculative, l'*Université*, autour des Collèges si nombreux et qui étaient plus particulièrement groupés sur la Montagne Sainte-Geneviève.

Les plus anciens de ces Collèges dataient du commencement du XIIIe siècle ; c'étaient dans l'impasse d'Amboise, près la place Maubert, le Collège grec ou de Constantinople, l'aîné de celui des Bernardins, établi en 1224 par Mathieu Paris sur l'enclos du Chardonnet, et celui des Bons-Enfants, rue Saint-Victor, en 1248 ; puis, pour ne citer que les principaux, dans l'ordre chronologique, dès le XIIIe siècle : la Sorbonne, qui fut longtemps le plus modeste de tous, fondé et dirigé d'abord par le confesseur de Louis IX, Pierre

Sorbon et qui, primitivement réduit à quelques bâtiments donnés par Blanche de Castille, s'étendait pour devenir le somptueux palais de notre Université de Paris, métropole de nos Universités françaises ; les Collèges de Cluny et du cardinal Lemoine, dont le premier, ouvert par l'abbé Yves en 1269, se trouvait sur l'emplacement de la place de la Sorbonne et le second, dans la rue qui porte encore le nom de son fondateur Jean Lemoine ; le Collège de Navarre que la femme de Philippe-le-Bel fondait en 1304, et dont les bâtiments forment encore une partie de l'Ecole polytechnique ; le Collège de Bayeux, création de Guillaume Bonnet, en 1308, rue de la Harpe ; celui de Laon et de Soissons, qui se trouvait rue de la Montagne Sainte-Geneviève, créé à la même époque par le chanoine Guy de Laon, presque en même temps que s'ouvrait, rue des Sept-Voies, le Collège Montaigu, demeuré célèbre par la pauvreté de ses écoliers, réduits à mendier leur pain ; près de celui-ci, dans la même rue, s'ouvrit bientôt le Collège de Reims, puis le Collège de Narbonne, le Collège de la Harpe, voisin de celui de Bayeux, rue de la Harpe ; ceux de Lisieux et de Beauvais, rue de Beauvais ; celui des Trois Évêques, rue de Cambrai ; à côté du Collège de Tournay, dans la rue Boudet, celui de Boncourt, compris aujourd'hui, comme celui de Navarre, dans les bâtiments de l'Ecole polytechnique, et encore le Collège des Allemands ; le Collège des Ecossais, dont on trouve encore les restes très intéressants rue du cardinal Lemoine, nº 65 (où sont établis les cours préparatoires aux baccalauréats fondés par Chevalier) ; dans la rue Cujas actuelle, qui s'appelait la rue des Grès, le Collège Sainte-Barbe, ouvert en 1460 par un professeur du Collège de Navarre, Geoffroy Lenormant, sur un terrain qu'il acheta aux moines génovéfains, sur lequel s'élèvent aujourd'hui les nouveaux bâtiments du Collège encore placé sous son ancien vocable et mitoyen du lycée Louis-le-Grand, qui remplace l'ancien Collège de Clermont fondé en 1563 par les Jésuites, sous la protection de Duprat, évêque de Clermont ; citons encore le Collège d'Harcourt (devenu le lycée Saint-Louis, boulevard St-Michel), dont la longue façade moderne cache les anciens bâtiments, et enfin, le Collège de France, dont l'origine remonte à François Ier. Ce dernier fut appelé tout d'abord Collège des trois langues ; il ne comportait que trois chaires et n'existait à l'origine que virtuellement, puisque son enseignement était pratiqué dans les bâtiments des Collèges de Tréguier et de Cambrai.

De nombreux établissements scolaires étaient enclavés dans un amas de maisons serrées, au-dessus des toits desquels s'élevaient les clochers des paroisses et d'un nombre assez grand de couvents.

« Le sol de l'Université, dit Victor Hugo, était montueux. La Montagne Sainte-Geneviève y faisait, au sud-est, une ampoule énorme ; et c'était une chose à voir du haut de Notre-Dame que cette foule des rues étroites et tortues (aujourd'hui le *pays latin*), ces grappes de maisons qui, répandues en tout sens du sommet de cette éminence, se précipitaient en désordre et presque à pic sur ses flancs jusqu'au bord de l'eau, ayant l'air, les unes de tomber, les autres de regrimper, toutes de se retenir les unes aux autres... Enfin, dans les intervalles de ces toits, de ces flèches, de ces accidents d'édifices sans nombre qui pliaient, tordaient et dentelaient d'une manière si bizarre la ligne extrême de l'Université, on entrevoyait, d'espace en espace, un gros pan de mur moussu, une épaisse tour ronde, une porte de ville crénelée, figurant la forteresse : c'était la clôture de Philippe-Auguste. Au-delà verdoyaient les prés, au-delà s'enfuyaient les routes, le long desquelles traînaient encore quelques maisons de faubourg, d'autant plus rares qu'elles s'éloignaient plus. »

Tel était l'aspect de cette ville universitaire, réduite à un espace quadrilatère de 5 à 600 mètres de long sur autant de large, ayant comme base le bord de la Seine depuis le pont Saint-Michel jusqu'à celui de la Tournelle, et, comme périmètre, le mur d'enceinte courant dans la direction du boulevard Saint-Michel revenant parallèlement à la Seine par la rue actuelle de l'Estrapade et redescendant par la rue du cardinal Lemoine. C'est dans cette partie du Ve arrondissement, réduite au quartier de la Sorbonne actuel et à une faible partie de celui de Saint-Victor, que la population turbulente et travailleuse des écoliers fréquentait les nombreux Collèges, dont nous avons cité les principaux.

Et, c'est là que tous les maîtres, clercs ou écoliers vivaient. C'est là que furent écrites les œuvres de la plupart des grands esprits de ce temps, c'est là que quelques-unes même furent publiées, ainsi qu'en témoignent les adresses des éditeurs portées par les livres de l'époque ; et c'est là que devaient vivre, comme Jodelle et Grévin, les poètes demeurés inconnus, qui écrivirent, quand ils n'étaient qu'écoliers, les farces où se rencontrent les ancêtres des Géronte et des Mascarille.

Nous allons du reste passer d'une hypothèse rationnelle à la certitude.

Les écrivains réalistes empruntent ordinairement leurs sujets au milieu même dans lequel ils vivent; les farces sont des scènes réalistes et nous avons la preuve que certaines de ces petites comédies se passaient dans le quartier des écoles.

Dans le dialogue de la Farce ayant pour titre *Le Badin qui se loue*, se trouve une indication très exacte du lieu de l'action.

Un amoureux, pour demeurer en tête à tête avec une amoureuse, cherche à éloigner un *badin* (c'est le nom que portaient les valets de l'époque) et voici un bout du dialogue :

L'Amoureux
Apporte un paté de chappon

Le Badin
Mais, écoutez, où le vend-on
Affin que plus ne revienne ?

La Femme
Au bout de la rue de Bièvre,
A l'enseigne du Pot d'estain (1)

. . . .

La rue de Bièvre existe toujours, — pour combien de temps encore ! (2) — avec son vieux nom; elle va du Boulevard Saint-Germain au Pont de l'Archevêché.

Et nos gens sont dans une maison d'où l'on voit la Seine, car plus loin le badin dit au couple :

« Je voy mon maistre en ce chemin,
Qui s'en vient cy, par Nostre Dame ».

La farce dite *la Farce nouvelle des chambrières qui vont à la messe de cinq heures pour avoir de l'Eaue béniste*, qui, soit dit en passant,

---

(1) Bibliothèque Elzévirienne: *Ancien théâtre Français* par Viollet-Leduc, tome I, p. 191.

(2) Pourquoi ne donne-t-on pas des noms nouveaux seulement aux rues nouvelles ? — Que de noms pittoresques ont ainsi disparu dans le quartier dont nous parlons et ailleurs ! — Quand on remplace un nom d'ancienne rue qui rappelle souvent quelque trait de notre histoire ou quelque légende locale par un nom nouveau, ne devrait-on pas au moins placer une plaque rappelant le nom que portait la rue au moment du changement ? Cette mesure ne grèverait pas le budget municipal d'une somme bien élevée. Elle offrirait aussi l'avantage d'être un enseignement historique. Nous connaissons des villes de province où, au coin de chaque rue, sous la plaque indicatrice de son nom, l'origine de ce nom et l'histoire du lieu sont indiquées en une note succincte.

èst d'une moralité fort peu édifiante, se passe certainement au pied de la Montagne Sainte-Geneviève, ainsi qu'en témoignent les passages suivants (1) :

La Nourrisse
Montons là hault vers sainct Estienne,
. . . .

La Nourrisse
Enda, je voys (vais) aulcunes fois
A sainct-Benoist (2).

Saupicquet préférerait l'eaue béniste « des Carmes » ; et finalement tout le monde tombe d'accord :

« Allons à sainct Séverin.
Domine Johannes dit la messe,
. . . . »

Mais, nous avons hâte de nous étendre plus longuement sur l'œuvre des créateurs du Théâtre français et surtout de la Comédie française, que nous avons déjà nommés et qui sont Jodelle et Grévin.

Etienne Jodelle, seigneur du Lymodin, né à Paris en 1532, fit partie de *la Pléiade*. Bien qu'il fût poète et qu'il ait laissé un grand nombre de sonnets, chansons et autres poésies, il est surtout, comme auteur tragique, le créateur d'un genre. Il connaissait à fond les langues grecque et latine, ce qui lui permit de lire les tragédies et les comédies de l'antiquité, de s'en pénétrer et de donner au public français des pièces de théâtre d'un art nouveau, dérivant de la tradition antique. Il composa plusieurs tragédies et, paraît-il, un grand nombre de comédies ; seules, trois de ces pièces nous sont parvenues, les tragédies de *Didon* et de *Cléopâtre captive* et la comédie de *L'Eugène* ou *La Rencontre*, représentées en 1552 et 1558. D'autres avant lui, et en particulier Baïf en 1537 et Ronsard en 1549, avaient fait représenter et avaient publié *l'Electre* et le *Plutus* traduits en vers français d'après Sophocle et Aristophane ; mais les pièces de Jodelle ne sont pas des traductions, ce sont des œuvres originales, essentiellement créées par le génie français, et si ses tragédies sont loin de valoir sa comédie, l'auteur a néanmoins accompli en les écrivant une acte d'audace, qui eut le plus grand retentissement dans le monde des lettres. C'était d'abord la victoire

(1) Bibliothèque Elzévirienne : *Ancien théâtre Français*, t. II, p. 441.
(2) La rue du Cimetière Saint-Benoit existe encore en partie, entre le collège de France et le lycée Louis le Grand.

de la langue française, pour la conservation de laquelle luttait la Pléiade, sur la langue des pédants, que le fort parti de du Bellay et autres défendait à outrance, langue farcie de mots et de tournures latines ; de plus *L'Eugène* était l'affirmation de cette victoire en une comédie, non seulement française par la langue qui s'y parle, mais encore par les caractères et par l'action. Jodelle avait emprunté de la tradition antique seulement ce qui doit demeurer à jamais impérissable dans l'art théâtral, et en même temps il fondait la vraie Comédie française, en conservant la tradition gauloise, transmise par les farces et les soties, bien qu'il se soit lui-même montré aussi dédaigneux envers les « Farceurs » qu'envers les linguistes latins et grecs.

Avant de donner la sienne propre, voici sur Jodelle l'opinion de Ronsard :

> « Et lors Jodelle heureusement sonna,
> D'une voix humble et d'une voix hardie,
> La Comédie, avec la Tragédie :
> Et, d'un ton double ores bas, ores hault,
> Remplit premier le françois eschaffault. »

Et, dans une pièce de vers qu'il adressait à Grévin, l'émule et le contemporain de Jodelle, Ronsard s'exprime encore ainsi :

> « Jodelle le premier, d'une plainte hardie
> Françoisement chanta la Grecque Tragédie,
> Puis en changeant de ton chanta, devant nos Rois,
> La jeune Comédie en langage François,
> Et si bien les sonna, que Sophocle et Ménandre,
> Tant fussent-ils savants, y eussent pu apprendre. »

Presqu'au même moment que Jodelle produisait ses œuvres dramatiques (1552 et 1558), Jacques Grévin faisait jouer en public, sur le théâtre du Collège de Beauvais, *La Trésorière* en 1558, puis, au même Collège, *Les Esbahis* et *La mort de César* en 1560. « Et l'on peut dire qu'il effaça les auteurs qui l'avaient précédé. » (*Histoire du Théâtre Français*, par les Frères Parfaict ; t. III, p. 313).

Notre collègue M. Lucien Pinvert, docteur ès-lettres et docteur en droit, a publié, tout récemment, sur Jacques Grévin (1), une remarquable étude, dans laquelle Jodelle et Grévin sont très judi-

---

(1) *Jacques Grévin* (1538-1570) : *Etude biographique et littéraire,* Paris, Alb. Fontemoing, 1899.

cieusement placés en parallèle, dans le chapitre consacré au théâtre de Jacques Grévin.

Rappelant les vers que Ronsard adressait à Grévin lui-même et que nous venons de citer, M. Pinvert s'exprime ainsi:

PORTRAIT DE JACQUES GRÉVIN (1).
(Reproduction du portrait de l'édition de MDLX).

« C'est un grand éloge en peu de mots, et Grévin, qui succéda de si près à Jodelle, peut en réclamer sa part. Oui, Ronsard a raison : le Théâtre français a vu ses destinées commencer avec *Cléo-*

(1) Nous ne pouvons rapprocher du portrait de Grévin, placé en tête de l'étude de M. L. Pinvert, celui de Jodelle, dont nous n'avons pas trouvé de portrait authentique.

pâtre et avec *Eugène*; mais aussi, ajouterons-nous, avec *César* et avec *La Trésorière* et avec *Les Esbahis*. D'ailleurs Ronsard ne vante ainsi Jodelle, dans une pièce adressée à Grévin, que pour faire un mérite à celui-ci d'avoir repris de suite, et non sans un grand bonheur, la tentative de celui-là » (page 132).

S'il est vrai, comme le dit M. Pinvert, que Grévin peut, dans ses tragédies, se prévaloir d'une réelle supériorité de langage sur celui de Jodelle, dans les œuvres similaires, c'est pourtant à ce dernier auteur qu'on doit d'avoir employé, pour la première fois, dans tout le IVᵉ acte de sa *Cléopâtre*, le vers alexandrin, sans avoir osé pourtant rompre absolument avec la tradition, puisque la mesure des vers varie, dans cette tragédie, suivant les actes, alors que Grévin adopte, d'une façon constante, le vers de douze pieds, dans les pièces qu'il composa en ce genre, sans toutefois alterner encore les rimes féminines et masculines.

Mais M. Pinvert reconnait à la comédie de Jodelle *L'Eugène* une supériorité indiscutable, sur *Les Esbahis* et *La Trésosière*, celles de son confrère contemporain.

Plaçons donc, avec impartialité, et Jodelle et Grévin sur le même piédestal ; faisons-leur se donner une main amie, les représentant tous les deux, comme deux courageux lutteurs unis dans la même pensée, pour fonder l'Ecole française, en un temps où il fallait un certain courage, non seulement pour s'opposer aux nombreux et influents partisans de la langue latine, servilement attachés à une tradition au point de n'admettre sur la scène que des traductions de pièces antiques, mais encore pour lutter contre le parti des courtisans, qui ne favorisaient, en dehors des reproductions des Aristophane ou des Plaute, que le théâtre italien naturellement cher à Catherine de Médicis.

A ce dernier point de vue, comme le fait remarquer M. Pinvert, Jacques Grévin a montré, dans cette lutte d'indépendance, un courage tout particulièrement remarquable.

Dans *Les Esbahis*, Julien, un simple valet, s'attirait certainement les bravos frénétiques du public français, quand un fanfaron italien, vantant ses vertus, son haut courage et sa langue maternelle au valet français, celui-ci l'imite en le raillant en face :

Julien

« Forfanti, Coioni, Poltroni
    Li compagnoni di Toni,

> Le mal san Lazaro te vingne
> Et le man de terre te tingne. »

Le matamore provoque Julien, qui relève vertement le défi.

> Sçavez-vous bien que c'est Mastin,
> Fantosme du mont Aventin,
> Sepulchre à punaise, pendart.
> Demourant de tout le cagnard ?
> Si vous ne parlez plus doux,
> Je vous assommerai de coups.
> Regardez, je suis Julien,
> Qui n'entend mot d'italien :
> Mais si vous grognez autrefois,
> Je vous ferai parler françois...

Et Panthaleone, le matamore, devient subitement doux et répond :

> Non, non messer Juliano,
> Je pensoy que ce fust un autre :
> Car, quant à moy, je suis le votre.

« Parler français! » voilà ce que demande en grâce la patriotique exaspération de Grévin et de ceux qui pensent comme lui... C'est Grévin, soyez-en persuadés, c'est lui qui, par la bouche du gentilhomme (dans la même comédie), lance au delà des tréteaux cette énergique parabase :

> Pensez-vous nous rendre estonnez
> Par une langue déceptive,
> Comme si la nostre captive
> Ne pouvoit respondre d'un mot ?
> Pensez-vous le François si sot,
> Qu'il n'égalle bien en parolle
> Toute l'apparence frivolle
> De vostre langue effœminée,
> Qui, comme une espesce fumée,
> Nous donnant au commencement
> Un effroyable estonnement,
> A la parfin s'esvanouit
> Avecque le vent qui la suit ?
> Nostre France est trop abbruvée
> De vostre feinte controuvée,
> Et déceptive intention.

Certes, il fallait quelque hardiesse pour jeter ce cri de colère aux compatriotes et aux flatteurs de Catherine de Médicis (M. L. Pinvert, *Jacques Grévin* ; p. 184 et 185).

Dans ces passages, Grévin fait acte de véritable pamphlétaire.

Les Esbahis furent représentés au Collège de Beauvais, devant la cour et la jeune duchesse de Lorraine.

Grévin, qui se convertit au protestantisme, mourut en Italie (1), comblé de faveurs, attaché comme médecin à la personne de Marguerite de France devenue duchesse de Savoie, tandis que Jodelle, plus réservé dans ses procédés de polémique et demeuré fidèle à la religion des Valois, mourut pauvre et oublié, après avoir connu les meilleures grâces d'Henri II, ainsi que nous allons le dire plus loin.

Il est vrai que Jodelle mena la vie d'un gentilhomme dissipé, tandis que Grévin paraît avoir eu celle d'un bourgeois rangé.

Il est assez piquant de connaître l'opinion de l'un et l'autre poète sur lui-même. Chacun revendique l'honneur d'être le créateur du Théâtre vraiment français.

Jodelle annonce, dans son prologue de *L'Eugène*, qu'il n'apporte plus aux spectateurs les scènes antiques, où l'on voit

> « Polydore à mort mis,
> Hercule au feu, Iphigenie à l'autel,
> Et Troye à sac, que non pas un jeu tel
> Que celuy-là ores on vous apporte... »

Non, c'est à dessein qu'il fera parler ses personnages comme le plus bas populaire, et c'est lui qui,

> « Voyant aussi que ce genre d'escrire
> Des yeux françois si long-temps se retire,
> *Sans que quelqu'un ait encore éprouvé*
> *Ce que tant bon jadis on a trouvé,*
> *A bien voulu dépendre cette peine*
> Pour vous donner sa comédie « Eugène ».

(1) Jacques Grévin, né à Clermont en Beauvoisis vers l'an 1540 : dès l'âge de 15 ans, amant de Nicolle Estienne, fille de Charles Estienne, médecin, il fit pour cette belle beaucoup de poésies galantes, qu'on trouve imprimées, sous le titre de « *L'Olympe*, Paris 1561... » Grévin eut la douleur de voir sa maitresse mariée à Jean Liebaut, médecin, auteur de la *Maison Rustique*. Il est lui-même auteur de plusieurs autres ouvrages scientifiques..; mais son goût pour la Poésie Françoise ne l'abandonna pas, au contraire. Grévin mourut à Turin le 5 novembre 1570, n'ayant pas encore trente ans. Il était allé en cette ville en qualité de médecin de Marguerite de Savoye, qui le regretta beaucoup, et lui fit faire de magnifiques funérailles. Grévin était marié ; il laissa une fille, dont la duchesse de Savoye prit soin, aussi bien que de la mère.

C'est dans le même sens, sinon dans les mêmes termes, que Grévin s'adresse aux lecteurs de ses comédies, dans la préface des *Esbahis*, dont nous extrayons le passage suivant :

« Tu ne trouveras donc estrange, Lecteur, si en ces comédies tu ne trouves un langage recherché curieusement, et enrichi de plumes d'autruy : car je ne suis point de ceux qui font parler un cuisinier des choses célestes et descriptions des temps et des saisons, ou bien une simple chambrière Françoise des amours de Jupiter avec Leda, et des vaillantises d'Alexandre le grand. Je me contente seulement de donner aux François la Comédie en telle pureté qu'anciennement l'ont baillée Aristophane aux Grecs, Plaute et Térence aux Romains. Ce que je me suis proposé tousjours, en escrivant ce poème, ainsi qu'ont peu appercevoir ceux qui ont veu *La Maubertine*, première comédie que je mis en jeu et que j'avoye bien délibéré te donner, si elle ne m'eust esté desrobée (1). Toutesfois celles cy pourront suffire pour monstrer le chemin à ceux qui viendront après nous. Tu peux donc maintenant, ami Lecteur, adverti de ce poinct, te mettre à lire ce Poème : et, si tu trouves quelque chose qui ne soit à ton goust, souvienne toy que ce n'est chose estrange, si ceux qui vont les premiers en un désert et pays incogneu, se fourvoyent souventes fois de leur chemin ». (*Théâtre de Jacques Grévin de Beauvoisis*, MDLXII ; p. 43, 44 et 45).

Il est vrai que Grévin rend hommage à Jodelle, tout en revendiquant l'honneur d'être le créateur du Théâtre français.

« Non que je veuille (me) dire premier qui en a composé en notre langue, car je scay bien qu'Estienne Jodelle (homme qui mérite beaucoup pour la promptitude et gentillesse de son esprit) a été celui qui les a tirées des Grecs et des Latins, pour les replanter en France. Mais aussi je diray ceci sans arrogance, que je suis encore à voir Tragédies et Comédies Françoises, excepté celles de Médée et d'Hécuba (2), lesquelles ont été faictes vulgaires et prises du Grec d'Euripide... » (Grévin, *Discours sur le Théâtre*).

La rivalité de ces deux émules nous a paru intéressante à rappeler; elle ne s'écarte pas de notre sujet, car elle nous montre la vie intime

---

(1) M. Pinvert pense, avec les frères Parfaict, que *La Maubertine* et *La Trésorière* ne sont pas deux pièces distinctes (p. 172 de l'ouvrage de M. Pinvert), mais une seule et même pièce.

(2) Ces deux tragédies étaient des traductions de la Médée de Senèque et de l'Hécube d'Euripide, cette dernière traduite par Lapéruse, poëte tragique contemporain de Jodelle et de Grévin.

de ce Paris universitaire, où vivaient certainement nos hommes de lettres de la Renaissance.

Dans les comédies de Jodelle et de Grévin la scène se passe non loin de la Montagne Sainte-Geneviève, mais il n'est pourtant pas très certain que le héros *Eugène* soit un bénéficiaire d'une abbaye de la rive gauche de la Seine. Rien ne l'indique, quoique l'action se déroule assez près du pays latin. En effet, Florimond, gentilhomme qui sert dans les armées royales, charge son homme d'armes d'une mission chez sa bien-aimée Alix, et, en s'éloignant, il dit à son fidèle serviteur :

> Et, ores que je suis ocieux,
> A nostre Dame m'en iray,
> Ou pendant me pourmeneray,
> Faisant la cour à mes pensées (1).

Et le mari de la très peu vertueuse Alix, confiant au public que lorsqu'il est malade, sa femme s'en va prier et quêter dans les couvents des environs, ne nomme guère que des établissements monastiques de la Montagne Sainte-Geneviève ou tout voisins :

> « Et quand je me trouve en mal ayse,
> Je sens que sa prière appaise
> La maladie que je rens ;
> Elle s'en court par ces couvents
> De *Sainct François, Sainct Augustin,*
> De l'abbaye de Sainct Martin,
> De *Sainct Victor,* de *Sainct Magloire*
> Pour faire prier... »
>
> (*L'Eugène*, acte I, scène III (2).

Mais, c'est dans *Les Esbahis* de Grévin que le lieu de l'action est bien déterminé. Il paraît que, dans *La Maubertine*, pièce dont, prétend Grévin, le manuscrit aurait été perdu, les personnages du quartier Maubert se seraient reconnus et se seraient formalisés, au point de montrer quelque colère.

Grévin écrivit *La Trésorière*, une comédie des plus satiriques qui, pense M. Lucien Pinvert, fut une réédition de *La Maubertine*.

L'action, dans *Les Esbahis*, dans *La Maubertine* et dans *La Trésorière*, se passe donc entre Saint-Séverin et la place Maubert.

Du reste, le fait est bien établi dans l'avant-jeu des *Esbahis*, où

(1) *Bibliothèque Elzévirienne : Ancien Théâtre Français*, t. IV, p. 37.
(2) *Ancien Théâtre Français*, t. IV, p. 12.

l'auteur rappelle les démêlés de Grévin et des habitants de son quartier.

> L'autre poinct, qui m'a faict venir,
> Est pour vous faire souvenir
> De ceste plainte qui fut faicte
> N'aguère encontre le poète,
> Pour la rancune et le soucy
> Des dames de ce quartier cy,
> . . . .
> . . . .
> Elles prennent opinion
> Que c'est à leur intention,
> Et que toujours on parle d'elles,
> Si aux conditions nouvelles
> On a possible découvert
> Un lieu de la place Maubert.

Et, très spirituellement, par la bouche du personnage qui parle en son nom, l'auteur se défend d'avoir reproduit

> Par ses vers de gentil discours
> De ces tant heureux amours
> . . . .
> Ou mettre en escrit la rue
> Où il a ceste affaire vue,
> Craignant lui donner quelqu'ennuy.

Que les habitants de la place Maubert se tranquillisent, le personnage a appris, de la bouche de l'auteur,

> Comme une chose bien secrette
> Que ceste comédie est faicte
> Sur le discours de quelqu'amour
> Qui s'est conduit au carefour
> De sainct-Séverin ; mais je vous prie,
> D'autant que vous avez envie
> D'estre secrets (1),...

Les habitants du carrefour Saint-Séverin furent donc de meilleure

---

(1) *Bibliothèque Elzévirienne* : *Ancien Théâtre français*, tome VII, pages 228 et 229. Je donne l'indication biographique, qui permettra de lire le plus facilement la comédie de Grévin ; mais, dans l'Ancien Théâtre français, on ne trouvera pas *La Trésorière* (2e comédie de l'auteur). Voir : *L'Olympe de Jacques Grévin de Clermont en Beauvoisis, Ensemble les autres Œuvres poétiques du dict auteur.* A. Gérard Lescuyer, Prothenotaire de Boudin ; à Paris, de l'imprimerie de Robert Estienne, MDLX. — Ce 1er volume a été réuni à un deuxième : *Le Théâtre de Jacques Grévin*, par le même éditeur.

composition que ceux de la place Maubert, dont ils ne sont séparés que par la courte rue Galande.

Et, à propos de cette dernière rue, ajoutons que l'un des personnages de la comédie de *La Trésorière* est un protenotaire et devait demeurer rue Galande (1), rue dans laquelle, à l'époque où se passe la comédie de Grévin et postérieurement même, habitait toute une colonie des membres du barreau, ainsi que nous l'apprenait dernièrement M. *Jules Périn*, l'érudit fondateur du Comité d'études « *La Montagne Sainte-Geneviève* », pour qui l'intéressante Colline n'a plus guère de secrets.

C'est donc bien sur cette colline que vécut, dès le XIIe siècle, la population des écoliers, qu'on appelle aujourd'hui étudiants, autour de leurs nombreux Collèges et des premières Facultés qui se fondèrent, de plus en plus prospères, après celle de la rue de Fouarre (où l'on écoutait le professeur, assis sur la paille); et ce fut dans deux de ces Collèges que furent représentées, au milieu du XVIe siècle, les premières œuvres tragiques et comiques de notre Théâtre français. Cette aurore littéraire fut brillamment saluée, dès son lever.

Ce dut être un beau jour de fête pour la Cité universitaire que celui où fut représentée la tragédie de *Cléopâtre* au Collège de Reims, et quel jour de triomphe pour Estienne Jodelle, qui était âgé de vingt ans à peine et n'était peut-être sorti du collège que la veille !

Les recteurs et les professeurs, vêtus de leur toge de soie, sortaient de leurs maisons pour se rendre rue des Sept Voies, où ils étaient invités au Collège de Reims. Dans la cour de cet établissement, convertie en salle de spectacle, ils rejoignaient leurs collègues. Toutes les fenêtres y avaient été converties en loges. A l'une des extrémités de la cour, sur une scène improvisée, se démenait Jodelle, tout prêt à revêtir la robe de Cléopâtre; car c'était lui qui devait remplir le rôle de la grande reine, secondé, dans les autres rôles, par des amis, et en particulier par René Belleau et par Jean de la Péruse, auteurs eux-mêmes, aucun acteur de profession n'ayant voulu se charger d'interpréter un genre de spectacle aussi

(1) Malgré la percée récente de la rue qui réunit la rue Lagrange au Boulevard Saint-Germain, percée qui a mutilé une partie de la vieille rue Galande, celle-ci conserve encore un aspect des plus curieux du côté des numéros pairs, grâce à l'existence d'un certain nombre de maisons anciennes, dont quelques-unes très intéressantes et assez bien conservées.

nouveau. A l'extrémité opposée à celle où se trouvait la scène, était l'estrade d'honneur, au sommet et au milieu de laquelle se dressait, sous un dais fleurdelisé, un fauteuil plus élevé que les sièges qui l'entouraient. Les loges étaient remplies par des invités de marqué, dignitaires ecclésiastiques, membres du Parlement et de la Prévôté de Paris. Au-dessous se pressaient, le long des murailles, les écoliers du Collège et leurs invités des Collèges amis, laissant le milieu de la cour libre pour les maîtres, qui se réunissaient autour des professeurs du Collège de Reims, avant de s'asseoir sur les bas côtés de l'estrade.

Les rues avoisinantes s'emplissaient d'une foule compacte formant un flot humain tumultueux et mouvant sur tout le penchant de la montagne Sainte-Geneviève, depuis le Collège de Reims jusqu'à la place Maubert, et depuis cette place jusqu'au bord de la Seine : étudiants et clercs en robes longues et en bonnets, marchands ronds de panse et miséreux maigres, venus des faubourgs Saint-Jacques et Saint-Marceau, marchandes accortes du carreau du marché des Carmes, ouvrières et chambrières en coiffes blanches, ribaudes aux corsages bas ouverts, marmaille composée d'enfants de tout âge, les plus petits sur les bras des plus grands. Tout ce monde se bousculait, riait ou regimbait, refoulé par les officiers de la police en chaperon rouge et bleu et par les hommes d'armes, sous les encorbellements de ces vieilles maisons penchées les unes sur les autres, comme pour mieux voisiner. Aux fenêtres de ces maisons, de jeunes hommes étaient assis, les jambes pendant au dehors, et, derrière eux, plusieurs rangées de jolis minois de bourgeoises sous leurs hautes cornettes ou des grandes dames qui, vêtues et parées richement, avaient loué des fenêtres.

C'est que le roi Henri II va passer dans le chenal que le service d'ordre maintient libre aux milieu des rues étroites : il se rend au Collège de Reims, où il doit assister à la pièce, dont le jeune Jodelle est l'auteur.

Et le cortège du roi de France eut sans doute un éclat en rapport avec la pensée qu'avait eue le prince de rendre hommage aux lettres françaises, dans la personne d'un hardi novateur, au cœur gaulois.

Quel beau spectacle ce dut être que les membres de l'Université dans leurs toges violettes ou écarlates, qui se tenaient gravement sous la porte du Collège pour recevoir Henri II. Le roi marchant à eux au milieu de ses gentilshommes, magnifiquement vêtus de soie, de velours et d'or, entre la double file des gardes du corps empanachés et bariolés, dont les sabres et les piques étincelaient au-dessus de la foule curieuse, tandis que les hérauts et les timbaliers à cheval mêlaient l'éclatante fanfare de leurs clairons et de leurs sourds tambourins.

« *Cléopâtre* fut jouée devant Henri II (dit la chronique du temps), à Paris, à l'Hôtel de Rheims, en 1552, avec de grands applaudissements de toute la compagnie, et depuis encore au Collège de Boncourt, où toutes les fenêtres étaient tapissées d'une infinité de personnages d'honneur, et la cour si pleine d'écoliers que les portes du Collège regorgeaient. Je le dis, continue Pasquier (1), comme celuy qui y estoit présent avec le grand Tournebus en une mesme chambre ; et les entreparleurs estoient hommes de nom, car mesme Remi Belleau et Jean de la Péruse jouaient les principaux rollets, tant estoit lors en réputation Jodelle. » (*Histoire du Théâtre François* par les frères Parfaict, t. III, p. 286, citation de Pasquier, livre VIII, chap. 5).

Et Pasquier ajoute: « Le Roy luy donna cinq cents escus de son espargne et lui fit tout plein d'autres grâces ; d'autant que c'étoit chose nouvelle, et très belle et très rare. » (Pasquier, même passage que ci-dessus).

Cette manifestation, exceptionnellement solennelle, du roy en faveur de la littérature de souche française produisit un effet décisif, non pour la renaissance, mais pour la naissance de notre Théâtre français, qui fit dès lors les progrès rapides que l'on sait.

C'était le dernier coup porté aux Confrères de la Passion, installés à l'Hôtel de Bourgogne, qui avaient eu, pendant près de deux siècles, l'entreprise officielle des Mystères. — Les Mystères avaient été interdits depuis trois ans ; les Confrères de la Passion en étaient réduits à jouer des farces et à louer leurs salles aux troupes de comédiens en vogue.

Quelques années après cette manifestation du roi Henri II en faveur de la nouvelle École française, le 16 février 1560, Jacques Grévin faisait représenter *Les Esbahis* au Collège de Beauvais, en présence de la Cour et de la jeune duchesse de Lorraine, sa protec-

---

(1) Étienne Pasquier, célèbre avocat, érudit et poète (1529-1615), auteur des *Recherches de la France* et de *Lettres*.

trice fidèle, pour les noces de laquelle, dit l'auteur lui-même, cette pièce fut composée, par ordre d'Henri II.

« On remarquera, lisons-nous dans l'*Ancien Théâtre français* (p. 225), que la décence n'y est pas plus respectée dans le sujet que dans les paroles, et cependant elle fut jouée par des écoliers et devant une princesse. »

Tels sont les renseignements que nous avons pu réunir, sur les origines de notre Littérature dramatique du XVIe siècle, dont les progrès, après les essais des précurseurs, furent si rapides, et dont les essais furent si heureux, dans le genre de la Comédie.

Aux noms de Jodelle et de Grévin, doit être, immédiatement après, associé celui de Remy Belleau, qui mourut en 1577, sans avoir achevé sa comédie en vers *La Reconnue* ; après eux, un mouvement se manifeste en faveur des comédies en prose ; c'est par ces comédies que se continue le mouvement qui prépare l'apogée de notre Comédie nationale, au XVIIe siècle, avec Molière.

Il nous a paru qu'il était intéressant de fixer, par une étude spéciale, le lieu de Paris où vécurent les créateurs de notre genre comique (1), et où furent représentées les premières pièces de ce genre. Nous pensons qu'il ressort de cette étude que c'est bien sur cette montagne, où Abélard disserta, dans cette partie de Paris que nos pères élevèrent au rang de Cité, et sur laquelle depuis huit siècles tant de générations d'écoliers et de maîtres ont passé, les uns obscurs, les autres illustres, travaillant tous pour maintenir ou relever l'éclat de l'auréole brillante de la France intellectuelle, sur cette montagne, au sommet de laquelle s'élève aujourd'hui le temple qu'édifia la Nation à la gloire de ses grands hommes.

Gustave PHILIPPON.

---

(1) C'est également dans ce quartier que furent éditées les Œuvres de Jodelle et de Grévin, au XVIe siècle. — Ces éditions anciennes ont été uniques, et les exemplaires en sont des plus rares. Voici la notice bibliographique de l'exemplaire des Œuvres de Jodelle que possède la Bibliothèque Ste-Geneviève : « Les Œuvres et meslanges poétiques d'Estienne Iodelle, sieur du Lymodin, à Paris, chez Nicolas Chesneau, rue St Jacques, au Chesne verd et chez Mamert Patisson, imprimeur du Roy, chez Robert Estienne, MDLXXXIII ». Nous avons donné, page 324, la notice correspondante pour Grévin, mais dont les exemplaires sont encore plus rares.